Die Sira
Finde 200 Antworten in der Lebensgeschichte Muhammads
Friede und Segen auf ihn

Die Sira

Das Leben des Propheten Muhammad
Friede und Segen auf ihn

Andrea Mohamed Hamroune

Das Taschenbuch zum Arbeitsheft
148 Seiten
12 x 19 cm
ISBN 978-3-7412-4005-8

Andrea Mohamed Hamroune

Auflage 2 / Januar 2019
Assira-Verlag Offenbach
Coverbild: 123rf, Anna Poguliaeva
Rahmenbilder: 123rf, Nicole Velazco
Kalligrafie: 123rf, Zeynur Babayev
Covergestaltung: Andrea Mohamed Hamroune
Lektorat: Aliaa Zain El-Abedeen; Bachaloriat der Sprachwissenschaft (Al-Alsun)/Ain-Shams-Universität; M.A. der Philosophischen Fakultät/Helwan-Universität; Kairo. Sprachdiplom von Goethe-Institut und Ludwig-Maximilian-Universität, München.
Herstellung und Verlag:
Bod- Books on Demand, Norderstedt
ISBN: 978-3-7412-5587-8

Was hat Abraham mit der Biografie Muhammads, Friede und Segen auf ihn, zu tun?

_____

_____

_____

_____1P

Was bedeutet Islam?

_____

_____

_____

_____3P

Wie wird Abraham im Arabischen genannt?

_____1P

Wie und wo entstand der Zamzam-Brunnen?

_____

_____
_____
_____
_____
_____
_____
_____ 3P

Wer baute die Kaaba?

_____
_____ 1P

Was ist ein Muslim?

_____
_____
_____ 1P

Wie nennt man die Gebetsrichtung auf Arabisch?

_____ 1P

Wann wurde Muhammad, Friede und Segen auf ihn, geboren?

_____

_____ 2P

Wer war Abraha?

_____

_____ 1P

Wie versuchte Abraha, die Kaaba in Mekka auszustechen?

_____

_____

_____

_____ 1P

Wie versuchte Abraha, seine verletzte Eitelkeit zu rächen?

_____

_____

_____

_____ 1P

Was passierte, kurz bevor er in Mekka ankam?

_____

_____

_____

_____

_____2P

Wie hieß der Elefant Abrahas?
_____1P

Wie nennt man diese Zeit?
_____1P

An welchem Zeichen erkannten die Juden die Geburt eines neuen Propheten?

_____

_____

_____

_____2P

Wie hieß Muhammads, Friede und Segen auf ihn, Mutter?
_____1P

Wie hieß sein Vater?
_____1P

Wie hieß sein Großvater?
_____1P

Wo starb sein Vater und wo war zu dem Zeitpunkt seine Mutter?

_____

_____

_____

_____2P

Warum war es notwendig Muhammad, Friede und Segen auf ihn, zu einer Amme zu geben?

_____

_____

_____

_____3P

Wie veränderte sich das Leben der Familie der Amme, als Muhammad, Friede und Segen auf ihn, bei ihnen einzog?

_____

_____

_____

_____

_____3P

Wie hieß die Amme?

_____1P

Wie lange blieb Muhammad, Friede und Segen auf ihn, bei ihr?

_____1P

Wie kam es dazu, dass die Amme Muhammad, Friede und Segen auf ihn, trotz Widerwillen freiwillig und gerne seiner Mutter zurück brachte?

_____2P

Nenne drei weitere Namen des Zamzam-Brunnens!

_____6P

Wie wurde die Kaaba entweiht?

_____1P

Wer fand den Zamzam-Brunnen, nachdem er von Mudad Ibn Amr vergruben wurde?

_____1P

Wie kam es dazu, dass der zehnte Sohn des Großvaters Muhammads, Friede und Segen auf ihn, nicht geopfert wurde?

_____

_____

_____

_____

_____1P

Wann und wo starb seine Mutter?

_____

_____

_____

_____2P

Wie alt war Muhammad, Friede und Segen auf ihn, als seine Mutter starb?

_____1P

Wer zog ihn nach dem Tod seiner Mutter auf?

_____

_____

_____

_____2P

Wie kam es, dass der Mönch Bahira Muhammad, Friede und Segen auf ihn, als einen Propheten erkannte?

_____

_____

_____

_____

_____ 2P

Bei wem lebte Muhammad, Friede und Segen auf ihn, bis zu seinem 25ten Lebensjahr?

_____ 1P

Wie hieß seine erste Frau?

_____ 1P

Wie stellte Muhammad, Friede und Segen auf ihn, ihr den Heiratsantrag?

_____

_____

_____

_____ 1P

Welche Brautgabe erhielt diese Frau?

_____ 1P

Wie nennt man die Brautgabe auf Arabisch?

_____1P

Wie hießen ihre gemeinsamen Kinder?

_____

_____

_____

_____6P

Womit verdiente er sein Lebensunterhalt?

_____

_____

_____

_____2P

Hatte Muhammad, Friede und Segen auf ihn, einen einflussreichen politischen Status vor Ernennung zum Propheten?

_____1P

Was ist die Kaaba?

_____

_____

_____2P

Was passierte, als man die Kaaba abreißen wollte, um sie neu wieder aufzubauen?

_____1P

Bis zu welcher Stelle ließ sich die Kaaba abreißen?

_____1P

Wer setzte den schwarzen Stein in die Kaaba?

_____1P

Warum ist der Stein der Kaaba schwarz, und wie sah er vorher aus?

_____
_____
_____
_____
_____2P

Wie alt war Muhammad, Friede und Segen auf ihn, als er ein Prophet wurde?

_____1P

Wie hieß die Höhle, in der er seine Offenbarung erhielt?

_____1P

Wie reagierte Muhammad, Friede und Segen auf ihn, darauf?

_____

_____

_____

_____

_____1P

Wer war die erste Person, die ihn als Propheten anerkannte und den Islam annahm?

_____1P

Welchen Inhalt hatte die erste Offenbarung?

_____

_____

_____

_____

_____

_____

_____5P

Wer übermittelte die erste Offenbarung?

_____1P

Wer zeigte Muhammad, Friede und Segen auf ihn, wie man sich für das Gebet wäscht und wie man betet?

_____1P

Wie war der Beiname Chadidschas und der ihrer Töchter?

_____

_____ 2P

Warum stellten die islamischen Lehren eine Bedrohung für die Quraisch dar?

_____

_____

_____

_____

_____3P

Mit welcher Botschaft erreichte Muhammad, Friede und Segen auf ihn, die Menschen zuerst?

_____

_____2P

Welche Personengruppe sprach er zuerst an?

_____

_____

_____

_____

_____5P

Was bedeutet der Name Abu Lahab auf Deutsch?

_____1P

Wie hieß Abu Lahab mit richtigem Namen?

_____1P

Durch welche Aussage der Offenbarung wurde Abu Lahab von Allah verflucht?

_____

_____

_____

_____

_____

_____5P

Wer war Bilal?

_____1P

Wie stand Bilal im Verhältnis zu Abu Bakr?

_____1P

Warum war Abu Talib wichtig in der ersten islamischen Zeit?

_____

_____

_____

_____2P

Durch welche Fragestellung versuchten die Quraisch mit den medinensischen Juden die wahrhaftige Prophetie Muhammads, Friede und Segen auf ihn, in Beweislast zu stellen?

_____

_____

_____

__ _____3P

Durch welche Aussage konnte Muhammad, Friede und Segen auf ihn, seinen Beweis antreten?

_____

_____

_____

_____

_____

_____3P

In welchem Jahr fand die erste Auswanderung statt?
_____1P

In welches Land wanderten die ersten Muslime aus?
_____1P

Wie hieß der Herrscher dieses Landes?
_____1P

Welcher Religion gehörte dieser Herrscher an?
_____1P

Wie verhielten sich die Quraisch, als sie von der Auswanderung erfuhren?

_____
_____
_____
_____3P

Mit welcher Rede überzeugten die Auswanderer den Herrscher von Abessinien?

_____
_____
_____
_____
_____3P

Was für einen Gegensatz stellten die Quraisch gegenüber den Muslimen?

_____

_____

_____

_____

_____3P

Mit welchen Vorsatz suchte Umar Muhammad, Friede und Segen auf ihn, auf?

_____

_____1P

Was überzeugte Umar vom Islam?

_____

_____

_____

_____2P

Wie nennt man das islamische Glaubensbekenntnis?

_____1P

Wie lautet das islamische Glaubensbekenntnis?

_____

_____

_____

_____2P

Wie lautet der islamische Friedensgruß (Arabisch/ Deutsch)?

_____

_____2P

Was ist die Antwort auf den islamischen Friedensgruß (Arabisch/ Deutsch?

_____

_____

_____

_____2P

Wie lange dauerte der Boykott?

_____1P

Durch welches Verbot, versuchten die Quraisch, die Muslime zu unterdrücken?

_____

_____

_____2P

Wie kam es zum Ende des Boykotts?

_____

_____

_____

_____ 1P

Was blieb von der Urkunde übrig?

_____

_____

_____

_____ 2P

Welches Unheil überkam Muhammad, Friede und Segen auf ihn, kurz danach?

_____

_____

_____ 2P

Welcher Religion gehörte Abu Talib an?

_____ 1P

Wie verhielten sich die Quraisch gegenüber den Muslimen, als Abu Talib starb?

_____

_____ 1P

Wie hieß die erste Frau, die Muhammad, Friede und Segen auf ihn, nach dem Tod Chadidschas heiratete?

_____1P

Wie stellte er ihr den Heiratsantrag?

_____

_____

_____1P

Wie hieß die Stadt, die er nun von seinem Glauben überzeugen wollte?

_____1P

Wie war die Reaktion der Menschen darauf?

_____

_____

_____1P

Was für ein Reittier hatte der Prophet bei der Nachtreise?

_____1P

Wohin brachte Muhammad, Friede und Segen auf ihn, die Nachtreise?

_____1P

Mit welchem Ergebnis endete die Nachtreise?

_____1P

Wen schickte Muhammad, Friede und Segen auf ihn, zuerst nach Yathrib, um den Islam zu verbreiten?

_____1P

Was machte dieser Mensch besonders?

_____
_____
_____
_____2P

Wie reagierte seine Mutter, als sie erfuhr, dass er Muslim geworden war?

_____
_____2P

Wie kam es zum Treueid von Aqaba?

_____
_____
_____
_____
_____4P

Mit welchen Mitteln hinderten die Quraisch die Muslime aus Mekka auszuwandern?

_____

_____

_____

_____2P

Wer erteilte Muhammad, Friede und Segen auf ihn, die Erlaubnis zur Auswanderung?

_____1P

Wer gab Muhammad, Friede und Segen auf ihn, den Tipp, um den Anschlag an ihn zu vereiteln?

_____1P

Was sagte Muhammad, Friede und Segen auf ihn, über Mekka, als er die Stadt verließ?

_____

_____

_____

_____2P

Wie wurden ihre Spuren verwischt?

_____

_____1P

Was machte Muhammad, Friede und Segen auf ihn, bevor er Mekka verließ?

_____

_____

_____

_____ 2P

Welchen Trick wandte Muhammad, Friede und Segen auf ihn, an, um die Quraisch vor seiner Abreise zu täuschen?

_____

_____ 1P

Wie viele Kamele hatten Muhammad, Friede und Segen auf ihn, und Abu Bakr bei der Abreise?

_____ 1P

Warum entdeckten die Verfolger Muhammad, Friede und Segen auf ihn, und Abu Bakr in der Höhle nicht?

_____

_____

_____

_____ 2P

In welchem Ort setzte Muhammad, Friede und Segen auf ihn, das Fundament für die erste Moschee?

_____ 1P

Wie ermittelte Muhammad, Friede und Segen auf ihn, den Platz für die erste Moschee?

_____

_____

_____1P

Wie hieß das Kamel Muhammads, Friede und Segen auf ihn?

_____1P

Wie hieß Muhammads, Friede und Segen auf ihn, zweite Frau?

_____1P

Wie stellte er ihr den Heiratsantrag?

_____

_____

_____1P

Was wurde den Muslimen in dieser Zeit als Pflicht auferlegt?

_____ _____2P

Was bedeutet das Wort Helfer auf Arabisch?

_____1P

Was bedeutet das Wort Auswanderer auf Arabisch?

_____1P

Was bedeutet das Wort Heuchler auf Arabisch?

_____1P

Was ist "der Vertrag von Medina"?

_____

_____

_____1P

Wie hieß diese Stadt vor Muhammads, Friede und Segen auf ihn, Ankunft?

_____1P

Zwischen welchen Glaubensgruppen wurde der Vertrag abgeschlossen?

_____2P

Was ist die Kernaussage des Vertrages?

_____

_____1P

Warum steht über dem Vertrag nicht „Bismallahi al rahman alrahim"?

_____

_____

_____

_____ 2P

Warum bestand Muhammad, Friede und Segen auf ihn, nicht auf diese Worte?

_____

_____ 1P

Wie alt war Muhammad, Friede und Segen auf ihn, als er aus Mekka auswanderte bzw. in Yathrib ankam?

_____ 1P

In welchem Jahr beginnt die islamische Zeitrechnung?

_____ 1P

Was ist die Grundlage der islamischen Zeitrechnung?

_____ 1P

Wie entstand der islamische Gebetsruf?

_____

_____ 1P

Wie nennt man den Gebetsruf auf Arabisch?

_____1P

Wie nennt man den Gebetsrufer auf Arabisch?

_____1P

Wie kam es, dass alle Krieger Muhammads, Friede und Segen auf ihn, vor der Schlacht ruhig schlafen konnten?

_____

_____1P

Wie begründet sich die Schlacht von Badr?

_____

_____

_____1P

Was ist Badr?

_____1P

Wie ermittelte Muhammad, Friede und Segen auf ihn, die Anzahl der Gegner?

_____

_____1P

Wer half den Kriegern Muhammads, Friede und Segen auf ihn?

_____1P

Wie viele Gefangene gab es, wie viele Tote hatte der Feind?

_____

_____1P

Wie viele Männer verlor Muhammads, Friede und Segen auf ihn, Armee?

_____1P

Wie verfuhr Muhammad, Friede und Segen auf ihn, mit den Gefangenen?

_____

_____

_____

_____3P

Welcher Onkel des Propheten starb kurz nach der Schlacht von Badr?

_____1P

Wer wurde danach zum Führer der Quraisch erklärt?

_____1P

Wie begründeten die Quraisch die nächste Schlacht?

_____

_____

_____1P

Wie wird die Schlacht genannt?

_____1P

Wer übermittelte die Botschaft über die Anzahl der Gegner?

_____1P

Wie übermittelte er die Botschaft?

_____1P

Was für eine Symbolik steckt hinter dem Banner?

_____1P

Welches Gerücht verbreitete sich gegen Ende der Schlacht über Muhammad, Friede und Segen auf ihn?

_____

_____1P

Was zerbrach den vorzeitigen Sieg der Muslime?

_____

_____

_____

_____

_____ 2P

Wie hieß der Sklave den Muhammad, Friede und Segen auf ihn, in Medina befreite?

_____ 1P

Wie sah der Freilassungsvertrag aus?

_____

_____

_____

_____

_____ 2P

Wie hieß die dritte Frau Muhammads, Friede und Segen auf ihn?

_____ 1P

Wie stellte er ihr den Heiratsantrag?

_____ 1P

Wie hießen die folgenden Frauen Muhammads, Friede und Segen auf ihn?

_____

_____

_____3P

Wie stellte er ihnen den Heiratsantrag?

_____

_____

_____

_____3P

Was war die Begründung um die Schlacht von Medina?

_____

_____

_____

_____1P

Wie nannte man diese Schlacht?

_____1P

Wie sicherten die Muslime ihre Felder vor der Schlacht?

_____1P

Wie viel Zeit hatten die Muslime, sich auf die Schlacht vorzubereiten?

_____1P

Welche Religionsgemeinschaften kämpften gegeneinander?

_____

_____

_____1P

Wie endete die Schlacht?

_____

_____

_____

_____

_____2P

Wie ging Muhammad, Friede und Segen auf ihn, mit Kindern, Frauen, Eheverträgen und Bildung um?

_____

_____

_____

_____1P

Wie beurteilten die Heuchler die Situation, nachdem Aischa mit Safwan zurückgekehrt war?

_____

_____

_____1P

Wie war die Antwort von Allah Selber aus diesem Geschehnis?

_____

_____

_____

_____

_____3P

Wie hieß der Friedensvertrag, der zwischen den medinensischen Muslimen und den Mekkanern abgeschlossen wurde?

_____1P

Was beinhaltete der Vertrag?

_____

_____

_____

_____

_____

_____3P

Wie kam es dazu, dass die Mekkaner die Freigabe der Muslimen nach Medina bewilligten?

_____

_____

_____

_____2P

Wie hieß die folgende Frau Muhammads, Friede und Segen auf ihn, die aus Bani Al Mustaliq war?

_____1P

Wie stellte er ihr den Heiratsantrag?

_____1P

Welcher Herrscher war jetzt bereits schon Muslim?

_____1P

Wie versuchte Muhammad, Friede und Segen auf ihn, die Nebenstaaten in den Glauben zu integrieren?

_____

_____1P

Wie hieß die Frau Muhammads, Friede und Segen auf ihn, die aus Ägypten war?

_____1P

Wie hieß die Frau Muhammads, Friede und Segen auf ihn, die Tochter des Führers von den Quraisch war?

_____1P

Wie stellte er ihr den Heiratsantrag?

_____1P

Durch welche Fragestellung ermittelte Heraklios die wahrhaftige Prophetie Muhammads, Friede und Segen auf ihn?

_____

_____

_____

_____

_____

_____

_____5P

Wer war Heraklios?

_____1P

Wie hieß die Frau Muhammads, Friede und Segen auf ihn, die er nach dem Sieg von Chaibar heiratete?

_____1P

Wie stellte er ihr den Heiratsantrag?

_____1P

Was ist eine Umra?

_____1P

Wie hieß die letzte Frau Muhammads, Friede und Segen auf ihn?

_____1P

Durch welchen Umstand wurde der Friedensvertrag verletzt?

_____

_____

_____

_____1P

Wie eroberte Muhammad, Friede und Segen auf ihn, Mekka?

_____

_____

_____

_____1P

Wovon befreite Muhammad, Friede und Segen auf ihn, die Kaaba?

_____1P

Wie begründete sich der letzte Kampf?

_____

_____1P

Wie endete dieser Kampf?

_____

_____

_____1P

In welchem Jahr nach der Auswanderung trat Muhammad, Friede und Segen auf ihn, die große Pilgerreise an?

_____1P

Wie nennt man die große Pilgerreise auf Arabisch?

_____1P

Welche seiner Ehefrauen begleitete ihn?

_____1P

Was beinhaltete die Abschiedspredigt?

_____

_____

_____

_____

_____

_____

_____

_____

_____

_____

_____

_____

_____10P

Welcher Vers wurde in der Abschiedspredigt offenbart?

_____

_____

_____

_____

_____2P

Wann starb Muhammad, Friede und Segen auf ihn?

_____1P

Wer war bei ihm, als er starb?

_____1P

Die späteren Kalifen zu Lebzeiten des Propheten

Die Nachfolger des Propheten waren die vier rechtgeleiteten Kalifen (arab. Chalifa). Sie führten das Volk in der Vorgehensweise des Propheten und der Grundlage des Quran. Man nannte sie auch die „Amiru Al Muminin" (Führer der Gläubigen).
Suche alle Informationen über sie aus der Geschichte heraus.

Abu Bakr As Siddiq

_____
_____
_____
_____
_____
_____
_____
_____
_____3P

Umar Ibn Al Chattab

_____
_____
_____

_____3P

Uthman Ibn Affan

_____3P

Ali Ibn Abi Talib

_____
_____
_____
_____
_____3P

Gesamtpunkte : _____

Bitte besuchen Sie auch die
Homepage des Verlages!
www.assira-verlag.de